# 第二人称

李正源　著

Poetry Collection
The Second Person

江苏凤凰文艺出版社
JIANGSU PHOENIX LITERATURE AND ART PUBLISHING

**图书在版编目（CIP）数据**
第二人称 / 李正源著. -- 南京 ： 江苏凤凰文艺出版社，2025. 5. -- ISBN 978-7-5594-9444-3
Ⅰ. I227
中国国家版本馆CIP数据核字第2025LS1909号

# 第二人称

李正源　著

| | |
|---|---|
| 责任编辑 | 周颖若 |
| 特约编辑 | 王媛媛 |
| 装帧设计 | 刘　伟 |
| 出版发行 | 江苏凤凰文艺出版社 |
| | 南京市中央路 165 号，邮编：210009 |
| 网　　址 | http://www.jswenyi.com |
| 印　　刷 | 三河市中晟雅豪印务有限公司 |
| 开　　本 | 880mm × 1230mm　1/32 |
| 印　　张 | 5.5 |
| 字　　数 | 113千字 |
| 版　　次 | 2025 年 5 月第 1 版 |
| 印　　次 | 2025 年 5 月第 1 次印刷 |
| 书　　号 | ISBN 978-7-5594-9444-3 |
| 定　　价 | 49.00元 |

行走在静如深海的山谷
是谁将耳畔的钟声
越擦越亮
时钟两页刀片深藏制衡与切割
是谁揽住一场雪
堆出爱
和你的形状
……

# 序一

在我的有限经验中，认为人的地域性格论是有道理的。不同的自然与生存环境，塑造着不同的人文传统。例如湖湘地区的自然环境，滋养出“筚路蓝缕，以启山林”“楚虽三户，亡秦必楚”“惟楚有材，于斯为盛”“屡战屡败，屡败屡战”“实事求是”等勇于叩地问天、敢为天下人先的地域性格特征。而要搞清楚这种性格特征何以群英荟萃，则需要明白贯穿其中的诗性精神内核：屈子的“天问”，周敦颐的“致诚”，持续三天三夜的“朱张会讲”，曾国藩的“耕读为本”，毛泽东的“数风流人物”，等等。这种生命理想与精神浪漫，像地火一样在湘楚大地上蔓延，遍布在社会的各个行业、阶层，诗情不问出处，滋养着一代又一代踌躇满志的湖湘青年。

正源就是这样一位饱含诗情与生命理想的湖湘青年学子，他与曾文正公同乡里。曾家的耕读理想塑造了双峰人英勇浪漫的人性底色，用家家书画、人人诗情来形容这一地域的人文精神与艺术底蕴，是非常合适的。在这里我遇到过很多有趣的人，与他们相聚，常常以诗词相迎，以艺术待客，最后再以朗诵诗词送别。这种沁入骨子里的生命浪漫，有如湖面上泛起的绚丽浪花，由一个灵魂，触发着另一个灵魂。

人世间的每一个生命，既不是由自己所造成的，也不是自己的主动选择，只有诗是对自我存在的唤醒，是对生命理想的召唤。海德格尔说，生命充满着劳绩，人，应该诗意地栖居在大地上。诗是生活中那些非时间性的东西，是向死而生中生命存在的光与爱。正源的诗，在语言、语体与语境上，都具有现代诗的典型特征，他的诗里有光，裸露的心通过朴实的言语，在流年里再次重逢，成为滋养他生命精神的氧气。

自古诗以言志，对正源而言，诗不仅是以孤独的形式对自己的讲话，也是他对故乡先贤与文化传承的致敬，是对生命理想与精神浪漫近乎神性的向往。

正心诚意，源者致远。

祝贺正源！

清华大学　何先球

# 序二

最近一直在思考一件事情，如果AI以一些人预言的速度那样发展起来，写作还有意义吗？既然人工智能写得比人还好，我们为什么要那么辛苦地写作，坐享其成不就行了？我在给大一学生上写作课的时候，发现文章写得好的同学，他们的文章都是建构在充实的生活经验上的，他们将春风秋雨、夏雨冬雪写得摇曳生姿。写作并不是闭门能够造出车那样简单，这让我忽然之间找到了写作的意义。它是对个人经验与社会生活的记录与发现，这是构筑在大数据与算法之上的人工智能做不到的事情。人工智能没有生活经验，所以它写出来的文字，不管怎么漂亮，是干巴巴的，冷冰冰的，不过是数学公式与数据的变体，表达不了人类生活的特性与意义。于是，我对写作有了信心。

当正源拿出他即将出版的专著电子稿件给我看，并希望我能做个序时，我自然责无旁贷。因为他是我看着成长起来的一个学生，如今他在教育界有让人眼前一亮的成就，我深感欣慰。再说正源的诗稿与他的成长经历恰好能作为我前面说的写作价值这一问题的佐证。对正源非常典型的记忆，是在十多年前的一次课后，那天阳光灿烂，惠风和畅，正源问我考研的事情，这让我有些诧异，一般的学生到了大二大三才会为考研做规划，很少有学生会在大一就开始思考考研。所谓机会是给有准备的人，正源在几年后以优秀的成绩考上了中山大学。面试的时候他有些忐忑。当有位面试老师问起正源有什么爱好，正源说喜欢写诗，并在面试老师的要求下，现场背诵了一首已发表的新诗，这引起了面试老师的兴趣，写诗这个爱好自然成为正源考研面试的加分项，最后他如愿以偿地进入中山大学读研究生。写诗对于正源具有重要的意义，他不仅通过写诗记录自己的人生，还经由写诗获得了深造的机会。正源的硕士论文我也读过，我感觉，他是用诗的语言在写论文，这样的论文有文有质，读起来如风行水上般畅快，在硕博士论文的语言剑走偏锋越来越生涩的当下，正源赋予了其论文以诗歌的质地，这非常难能可贵。

我在前面做这么多铺垫，就是为了在解读正源的诗稿时不流于抽象与表面，变成一种敷衍的文字技术活。孟子说，知人论世。布封说，风格即人。这两句话包含着将作品与作者的生活结合起来考查的意思。要理解正源这个人，他的诗歌是重要的线索。

正源在诗歌中表达着自己深沉的情感。我记得在课堂上朗读他的诗时，同学们笑了起来，这也难怪，他们还太年轻，理解不了那么热烈的情感。在《黄昏海边》这首诗中，正源将自己比拟为在巨浪滔天海边一棵老树上寻找庇护的黑鸟，老树在孤独中抱住了鸟儿们，在相濡以沫的情景中，作者温暖而动情地表达了自己的爱情宣言。孤独的心需要爱情，正如鸟儿在黄昏海边寻找树的慰藉。正源有着比一般年轻人更为敏锐的感知。在《青春》一诗中，他轻盈地书写着青春的绚丽，同时又沉重地写出了自己的期待，那一扇透明的青春窗户，寄寓着年轻的作者无限的期待，但是作者害怕这一切变成虚无，深深浅浅的透明窗户又变成了一种障碍，正源这样写道："你可是一扇窗/让我远远地穿过/阳光曾将无数金黄的麦种/透过窗玻璃……谁来告诉我/一扇窗的虚无/是否就在/那深深浅浅的透明里。"张爱玲在《半生缘》中说，年轻人毕竟阅历浅，悲也好，喜也好，持续上三五年，却好似比一辈子还漫长。年轻人的悲与喜是充满诗意的，这与后来人生羁旅中的悲喜不一样，后者充满太多的功利性，但是，年轻人的悲喜是透明的，落霞孤鹜一样绚烂，正源在诗歌中将青春的爱与哀愁表达得生动感人。

我问正源，硕士毕业以后怎么没有留在广州，而是回了家乡，他的答案是：为了家人。父母需要他照顾，女友在家乡工作。权衡之后，正源毅然回到了故乡的县中工作。他不是一时心血来潮，而是立意扎根于家乡的教育。这一让很多人意外的选择最终也让正源获得了丰厚的馈赠。正源所教的班级，高考捷报频传，据他说前两年所教班的考生全部上了985重点大学，其中有八个考上清北。这是很多教书育人者孜矻难求的成绩。正源借着诗歌表达了自己传道解惑的不易与坚持，“在完成一次摆渡/原路返回的时候/也是在讲台上摇身一变为一棵树的时候/身体内的年轮提醒我/在一块地里已扎根十年……你很了解我的/就像你知道一棵树怎么可能走路”。(《高考后给学生》)

坚韧是正源在生活中劈波斩浪前行的动力。如果不是他亲口说，我不知道他读研时候经济的拮据，他是靠着读书之外的劳动来获得经济上的自给。正源给我的印象一直是阳光的，这乐观的外观也使我误以为正源并没有衣食的烦恼。别人读书不用考虑经济，他却要锱铢必较地计算自己的生活，硕士三年，对他而言并不容易。我想，正源是以诗意来定义他的人生。他善于捕捉生活中的诗意，在他眼里，一花一草、一饮一啄莫不具有诗意，在诗意簇拥的生活中，他没有庸人自扰的烦恼。在《云朵飘过天空干什么》一诗中，作者在流光一瞬中感悟着白云苍狗：“我想起这些年见过的云/各种形状的/如胖的/瘦的/高的/矮的/各种颜色的/如白的/黑的/黄的/紫的/各个季节的/如春天的/夏天的/秋天的/冬天的/除此之外/还有开心的/忧郁的/真实的/虚幻的/庄子的/司马相如的/陶渊明的/苏东坡的……”

正源在诗中抗拒着生活的庸常。在《高铁乘务员》一诗里，在百无聊赖中，作者谈起了身为人师的美好，“一天三列次凌晨三点到夜九点的生活/何来诗情画意/于是我聊起当老师的幸福/左手锦瑟/右手白云/渡口种花/春风挽袖”，这一番描述打破了高铁上的单调气氛，虽然教师生涯免不了按部就班的长亭短亭、新旧交替，但是充满希望，“大风正浩浩荡荡吹过华北平原/在十一月的银杏树尖上/闪闪烁烁”。四月的季节，昏晦兼之雨水会让人心情黯然，但正源却在这幽暗的空间中寻觅到了趣味与幸福，“幽暗的窗台/适合云朵轻轻飘过/旋转的蚊蝇与叶子/雷声的碎片/犹如弃此而去的姓名/卵石上/立着的绿老虎来回走动/犹如一种智慧抗拒着天然/太阳雨里的光/是你轻叩梦的边缘/哦/四月的木棉花”。(《有雨就有幸福》)这让我想起清代沈复写的一段文字：“余忆童稚时，能张目对日，明察秋毫，见藐小之物必细察其纹理，故时有物外之趣。夏蚊成雷，私拟作群鹤舞于空中，心之所向，则或千或百，果然鹤也；昂首观之，项为之强。又留蚊于素帐中，徐喷以烟，使之冲烟而飞鸣，作青云白鹤观，果如鹤唳云端，为之怡然称快。”(《童趣》)读书人是抗拒庸碌生活的，因此他们千方百计去发现生活中的趣味。正源有着艺术家那样的感知，所以他在诗歌中能构建出一个瑰丽多姿的世界。

写完这段文字，依稀之间又回到了十多年前的课堂上，我念着正源的诗歌，下面同学的笑声像是云朵一样浮游在空气中，一切很近又好像很遥远，时间这支如椽巨笔书写着我们各自的生活，我欣慰于当年的青涩小伙如今的生活与事业称得上一首好诗了。

是为序。

赵洪涛（文学博士，律师）

# 目录

第二人称

## 壹 世界

## 贰 雪海

## 叁　始终

## 肆 十一月

## 伍 潇水

壹

# 世界

## 世界

是眼模糊了雾
是冰融化并点燃火
是飞行的语言生长出紫色之唇
是桅杆折断风
爱断送雨滴

是种子孕育了土
是群鸟旷远了海
是石头的阴影照耀了袖中的阳光
是水装着水罐
是钟声
打开了屋顶

## 喜欢雨夜的人都有一段故事

喜欢雨夜的人
都是有故事的人
面对雨夜　就是面对葱郁的过往
夜色一样弥漫
雨水一样迁徙
你装帧进
每一片
每一滴暗里
而每一片每一滴暗　你都已无法进入
所谓的始末　层次　转折
无非是一些黑色素
流淌着
忽远又忽近　雨夜试图让每一个静伫其内的人
成为它的一部分
然后梦一样空起来
打开于时间之外
仿佛此身无有
仿佛过去现在将来都是这样
容不得你
爱或不爱

## 路

该怎样分辨味道
字迹在白纸上一笔一画淡去

树枝依旧低于天空
玻璃如水　切割像靠近耻辱般靠近荣光
手套中的密码亘古未解

美好的音乐
是同样美好的木屋
早晨　人们纷纷走到户外
打开折扇

## 清华大学秋日草坪

不要在一片草地树碑立传
那些草的历史
太久远　不要试图对一片草
讲故事　它们的故事　太拥挤
花木葱茏是什么
野火春风是什么
一株草的前世
是一阵风
是鸟喙边的构词造句
但这并不妨碍天空
通过它勘察生命的边界
大地通过它
嫩绿嫩绿地表达
草自有本心
每棵草都深藏一条不舍昼夜的小溪
处在叮淙作响的人世
我们如此平凡而单薄
出走半生
然后在草尖
露水一般上岸

# AI时代

在千里之遥为你开锁的人
请继续让他走进厨房
开始烹饪
室内安放青山绿水
然后把你的爱情给他
生老病死给他
优秀的后代也务必交给他
好为人师的人
请把你的传道授业交出
林间的迷雾交出
石头大小的思想交出
企鹅已立上北极起舞
一只猫也学会了泡一杯京味奶茶
出行的时候
请把方向交出
沿途风光旖旎
请把多余的修辞交出
生而为雪的时代
请交出一朵雪花六边形的公式

一息尚存的呼吸

与深情

也要一并交出

## 幻觉

月亮依旧深埋云中
拆开信笺
文字里的古木
枝繁叶茂
渴望品尝月光
顺着树干向上
我梦见木梯上
遗落的小火柴
还有火焰中蹦跳的糖罐
秋千架以及泥巴
火柴再小
也是阶段
稍不留意
就擦去我们名字里
共有的笔画

# 甘家口巷道

巷道尽头
肯定藏着一部词典
其中某处词语
可以用来描绘
今夜的世界
它以行道树的舞蹈
修正表达　以灯光的形式
驱逐斑驳的引申义
又以一片银杏叶落的形式　翻阅
昨夜的风霜

而另一个词　则泡在我今夜喝过的酒里
写在放声高唱的歌词里
它以纸船的形式
驶过箪食壶浆的陋巷
驶过杜甫的落木萧萧
人间熙攘　这些年
依旧满载
白月光

## 风与窗

把彩云挂上檐角
把不知名的各色野花开满我最痴迷的草地
怀揣的那片落叶
经年飘落
你说在我身上
有个秘密
已从一身
延伸向一生

忍住碎裂
忍住飘散的雨点
我仅仅知道
起伏的窗帘是一面圆镜
刻画你的瘦脸　线条
以及一些若隐若现的话题
而那泛在窗格里的淡蓝
是你深藏不露的风尘
一尘
也就是一程

# 枫林道

是怎样一方蔚蓝的真相
值得如此前仆后继的奔赴
怀揣岩浆的秘密　每一棵枫树
此刻高擎火把
温暖安静的鸟群
照亮甬道上细小的碎影
白露为霜　每一片枫叶竭力汲取灵感
掏出火红的词语
悲壮地叙事
乌龟的裂纹
已延伸进火焰蝶的翅膀
满载星河指引
掌状的攀登
仍旧如此炽热
火光中　我仿佛看到历史的庙宇与宫殿
一闪一闪　一艘航船
正悄然驶过头顶
犁开
苍茫的谜面

# 幻想

透过这层桌面
我看见你从街道上走来
低羞着头
两手后背
轻盈的步伐
在黑夜的十一点
飞出一只雨蝶
细节格外生动
酒香里　霓虹灯滚落无数的水晶球
森林里
篝火冉冉
我想着
给你穿上白雨靴
准备好湖水的镜子
你或许就会沿一束光
走出
烟雨红尘的桌面

# 青春

当我已忘却太多太多的起承转合
话语稀薄
左手一把虎耳草
右手仅剩大把
风过后的线条和路口
你可是一扇窗
让我远远地穿过

阳光　曾将无数金黄的麦种
透过窗玻璃
多少窗内的烛光
亦曾缓缓摇曳到窗外
谁来告诉我
一扇窗的虚无
是否就在
那深深浅浅的透明里

# 黄昏海边

多么渺小
面对大海如幕
面对暮色四合
那些不知名的黑鸟　此刻都收拢了翅膀
一只只安静地栖落于老树的枯枝
残阳　映出它们硕大的身子　体型唯美
也映出它们尖起的喙
在水浪低吟里渐渐变暗　变软
或许因为惧怕
它们如此紧贴老树
因为孤独　老树把它们抱作
片片宽大的叶子
巨浪袭来　天边仅剩的一抹余晖
咬紧了牙关　吃力的样子　多么
多么像那年雨夜　风吹
……我爱你

# 夜里音乐

让树枝延长
让灰色胜于灰色
分靠近合
让过往的梦
反复练习空旷与忧伤
让驻足是驻足
也是舞蹈
让爱学会爱
让松弛的鞋带缓缓系紧
纽扣回到洞中

## 宋明理学课看星系图

一片叶子
与一个星球没有距离
从一条河流到另一条河流不是终点
跳转的黄沙
脚踝边的琴弦
内容的边境如幻象中延伸的铁轨
悄然交汇

我们如此清醒
手握水杯
冒烟的膝盖上　来回定义自己
最终又在此倒地如雪
已知的　如土星的光环
久久环绕着我们
未知
仍在尚未打开的盒中

## 酒后在田径场

沿着落满叶子的蓝色跑道可以走很长时间
人工草场似比自然之草更具幻觉和生机

风中整齐绕动的落叶
犹如排浪碎在岩石之上
浮动的云雾
潮湿的睫毛
我们知道　是叶子就会被风吹动
是风　就可以吹动叶子
这像极了时间精妙的隐喻

左手边　铁手架梯子般延伸向上
蓝绿相间的操场犹如水缸
我们一再沉默　像鱼
守着水藻
和天边两道缓缓散去的白色航迹

## 列车上看雨

原野伴随着列车向前
迎面而来的雨滴是有生命的
以独特的方式
它们漫步于黎明的透明玻璃和长槽
它们是有生命的
黑蝌蚪般窜动　游走
视线里同样布满这隧道的风
身后的轨迹
为另一滴雨打湿　重复
它们也是有生命的
忧伤的音乐中
它们同样能感知到船在额前缓缓驶过
正如自身曾缓缓飞离的
澄澈的眼睛

## 诗

必然是重复
必然是同一个掏出的手势
河床不断缩小
石头如喑哑之火　核心
直指空中

生于寒冬又高于寒冬的
是种子

手指在航行中
每一次弯曲伸长都开垦大片土地
都运送蓝色财富
风如浅色的勋章　一次次
携带孩子
枕睡巨人的肩膀

## 有没有这样的时候

有没有这样的时候
仰面朝天
蓝色的深湖
仿佛有鱼在游动
大片树林和檐角粘着眼眶的边缘
视线撑着　向上
它们和你一样
沿着井壁
在空中找寻自己

有没有这样的时候
层云重重叠叠　土地
在空气里下陷
你看见一些雨雪和美妙的弧线
模糊抵达与远离
而飞鸟像子弹击中梦幻一样
击中前额
你开成一片天空

## 高考后给学生

完成一次摆渡
原路返回的时候
也是在讲台上摇身一变为一棵树的时候
身体内的年轮提醒我
在一块地里已扎根十年
目送芳草　总让树尖对远方
难以言表的悸动
一片葱郁
摇来晃去
你很了解我的
就像你知道一棵树怎么可能走路
就像你听闻鸡鸣桑树颠后
看到我枝枝叶叶间
凌乱的笔画与鸡毛
所幸的是　每年枝丫间总长出
别致的花与果子
风吹一夜
就撒遍了大江南北

多少光明的心事
美就美在
换一种方式
抵达

## 致海子

琴声的马匹
饮水食盐的马匹
月光下的哒哒马蹄此刻环坐石头的房间
一杯酒中独坐
缰绳在手中
犹如上升的火苗
照亮鸟阵
马下的野花
照亮怀里水罐中轻轻晃动的
麦粒和雨水

远方　远方更远
诠释着马的不治之症的
依旧只有
星宿
刀
草原歌唱的大风

## 公园春天

草丛青青
鹅卵石路中的铺叙继续向前
树苗的三脚支架如你用过的三支灰烟斗
如落地之箭
阳光来回走动在衣领
石凳上黄鸟晃动着你手中灵巧的汤匙
碰撞碗壁的声响
就像这风
就像这风中的隐约钟声
远远穿过婴儿车
穿过栅栏那边新开的月季
怀中的我和水杉并肩站在一起
生长的头　翠绿地指向天空
背景瓦蓝瓦蓝

## 可否

在桌面安放水罐
在折椅上安坐相应的故人
雨后天气　叶脉
精力充沛

帽子与头发分离的时候　风在头顶
开辟出蓝色的道路
正如雨滴
一年年尝试锯开石头

以水罐之重
测出病情之重
叶子背面的探险者　可以饮醉
可以拒绝赞颂

## 杜鹃花环

你把对春天的爱
当成一轮杜鹃花环戴于头顶
朵朵笑靥
尽是你流连忘返的绯红
紧闭嘴唇
我不敢学杜鹃那样浓烈地绽放
只是细数阳光
从枝叶间轻泄下来
无数次想象
关于情深的诗句——

比如桃花潭水深千尺
比如庭院深深深几许

## 生平

——给友LZ

雪是冷的形状
孤独　是一颗水晶的手杖
执一铁锹
去人流中登山　然后种植些月光和鸽哨
等待青花开满周身
作坊里　你这思想过敏之朵
被塑成一尊瓷器
旋转　烧冶　仿佛一个音叉　在单向共鸣中
包裹又释放自己
白天　路过一些树和水
夜里　借一盏灯流泪
小雪人融化之前　朋友　我真不知
是灯光还是曙光
让我们瞅见了
更为暗影幢幢的自己

## 谜语

臂膀宽整　瘦小的头颅
向左右露出一张
悠然平静的侧脸
不吐一词
与窗为伴
与阳光为伴
与深深浅浅的褶皱为伴
夜深人静　在阵阵樟脑丸气味中
悬空自己　枕一壁冰凉
独自入眠

不是不懂自由生而拥有
只想于自由之境外
掘一种恪守和依归——
再苦
一生只为你高高在上
一生只为你独锁暗箱

# 保安

在钢筋水泥的森林里　守望
路口的一棵树　此时正倚靠
另一棵斑驳的枫树沉沉睡去
仿佛梦中灯火温柔　仿佛此
刻的睡眠　比指示牌上的出
入平安更为重要　一辆轮椅
过去了　三位关心股市的京
片子大妈经过了他　两只麻
雀跳荡过他劣质的黑皮鞋后
一缕秋风立上头顶　数点起
星星点点的夜与昼　从操场
望去　铁栅栏纵横交叉的路
口印上制服　仿佛他已穿越
千山万水　风尘仆仆里枫树
是仅有的依靠　仿佛此刻一
切矛盾冲突尽可以云朵般放
下　警棍也习得某一种安然
下午15:00 阳光万顷的初冬
一位吊儿郎当的保安把自己
安睡成一枚零落地间的枫叶

# 虚实

海的气味
再度从风中飘来
没有渔具
没有被阻挡的光线
没有波澜抚不平的悬崖
如果你随海鸥
从阳光下蜿蜒的海湾飞来
看见了吗
花香
是一个个
鱼嘴里吐出的美丽气泡

贰

# 雪海

## 雪海

对话星辰的　不是云
是海雾迷蒙的岛屿

沦陷脚尖的　不是雪
而是洁白的潮涌

山峦耸峙的　不是冰川
而是狂澜蓄势而来

海风呼啸

不是房屋　而是罕见的贝壳
渐渐没入了土地

大雪初霁　不是阳光万顷
而是珍珠如你

# 天桥之上

立身天桥的时候
就是驻马驿亭交换故事的时候
车行如梭　你肯定看得见我
你清楚我四十一号的鞋码
阳光天气的皮肤干燥
包括我体内的数盏闹钟
你还知道我的草率
比草还草　思前想后
比水还水　行事像北方面条一样黏滞
你的上联——世俗淘气
我的下联写下枫红值得
你所不知道的　我也要娓娓告诉你
比如我删去狼烟四起的云后
学会的喝酒和抒情
干杯要去小巷深处
抒情要在晴空万里
丢掉的盆景去十字路口捡回
孔子的笾豆我会反复端详　对了
还有昨夜梦里　母亲的叮咛我也要告诉你
她说明日你必经天桥

天桥之上　就是人间之上
离澄澈的天空近一点
为人就要高尚一点
多爱尘世间的云卷云舒一点

# 草间叶

飘落
远不是终点

草丛里　汉字布满古老沉重的泪水
继续远行

这盾　这折戟
这黎明前
倾倒的酒杯

它们将随风一起
激起脚底涟漪
朝向天边
蔚蓝的燃烧

## 我要是你爱而不得的那个人

多少次翻阅相片中的旧时光
我就会多少次
梦想着成为你爱而不得的那个人
你爱或不爱　我都在那里
如同一种微量元素
在你记忆的空气里
仅是占位
不要求与另一个人享有同等的被思念
我隐身在被遗忘的边边角角
我努力使自己黯淡如一些黑色的光线
然后像游离你的触摸追忆一样
游离于一切光芒之外
直至某天　时间的风
终于催促你深爱的那个人熄灭了灯盏　黑暗里
你重又想起了我　我得以参与到
你的泪水
这就够了
这就是爱过

## 听蝉

水柱旋转　越升越高
时光的切割机一再用火舌
亲吻晶体管

沙石碾碎　帷幔般
从石磨中渗出　仿佛两翼
摩擦而出的喷泉

玻璃球如此斑驳陆离
瓷器的花纹开始流动

今天过后　那个下山人
与石头相互路过的蒹葭
将摇荡开
一片江南

## 草地雕塑

日出日落之外的时间
草地上的雕塑会一一走动起来
大步流星
房屋开始消失
道路开始变窄
河流开始清瘦如溪
这样的日子
好比一股风
找不回记忆清晰的字迹
草地上的雕塑走动起来的时候
一滴水开始回流
另一滴落回天空
落回海洋之体
情爱的木屐　长在树上
我们的小手　露珠般晶莹的额头
在泥里　在风里　在草地雕塑走动起来的时候
又冷　又暗　像是
一颗颗随风飘荡的
蒲公英种子

## 高铁乘务员

你和你的高铁
去过天南海北很多地方
包括我此行的目的地
一天三列次凌晨三点到夜九点的生活
何来诗情画意
于是我聊起当老师的幸福
左手锦瑟　右手白云
渡口种花　春风挽袖
老生去了
新生来
三年长亭
更短亭
陌生到熟悉
攀登云间寺庙
天涯到咫尺
缝合似水流年
你笑着说
那我们是一样啦
是一样啦
你说完时

我注意到窗外
大风正浩浩荡荡吹过华北平原
在十一月的银杏树尖上
闪闪烁烁

# 月

一张闪闪发光的陈年唱片
播放流水　播放宿命轮转的历史
折戟沉沙
白发三千

一个屹立千年的岑寂孤岛
搁浅一船船远道而来的相思
缥缈的梦
风筝放远

一副欲言又止的缄默口型
说不出的苦涩
阴影般如鲠在喉
像夜深时的某某某

# 上升的骨头

风雨倾盆　无法收拢一双翅膀
高飞鸣叫　树枝就要折断
身体里的河流
就要水涨船高

伫身屋檐之下　你以目为伞
雨水的死亡
从来躲不过
一朵雾花的祭奠

枪林弹雨里　春天的悲哀
不在于绽放
在于千万次
姹紫嫣红的粉饰

让每一根骨头醒来尖声呐喊吧
否则　蓝色的天空　天空的蓝色
会是一种疾病

# 云朵飘过天空干什么

你在电话里说
湖南阳光正好　白云可爱
此时　一片碧绿的云
正卧在北京的什刹海中
我想起这些年见过的云
各种形状的　如胖的　瘦的　高的　矮的
各种颜色的　如白的　黑的　黄的　紫的
各个季节的　如春天的　夏天的　秋天的　冬天的
除此之外　还有开心的　忧郁的　真实的　虚幻的
庄子的　司马相如的　陶渊明的　苏东坡的……
这么多云　还包括你在意
我也喜欢的那朵
都白驹一样经过了我
没有一朵属于我
历史把神祇的王座
搬上云朵后
你我终于视通万里
可云自无心
云本不是神祇

那些附加的藤蔓
会不会让云朵自己
也感到云里雾里

# 像

像月　等待一场雨的润湿
像雨　只为那最后一盏灯亮
像灯　睁开夜柔媚的眼
像眼　欣赏最美的溪云
像云　斑斓但不拒绝虚幻
像虚幻　正如像水声像气泡也像松果
像松果　皱纹就是掌纹
像掌纹　握不住五月最后一朵紫罗兰
像紫罗兰　朦胧在你的月下

# 有雨就有幸福

沉睡的日子适合饮酒
幽暗的窗台　适合云朵轻轻飘过

旋转的蚊蝇与叶子　雷声的碎片
犹如弃此而去的姓名

卵石上　立着的绿老虎来回走动
犹如一种智慧抗拒着天然

太阳雨里的光　是你轻叩梦的边缘
哦　四月的木棉花

# 花语

嫉羡的目光
溢美之词
漂亮精致的花瓶
环绕周身的时候

是谁
夜里扛着孤独
行走在风里

# 快与慢

栗色之门　倒影缓缓刻印于
白木地板之上

时间刚好　旧照　葱郁的盆景
一同向上生长

你已不能说话
你说出什么　将不再是什么

白天的枝头上
阳光以心跳惊动一片树叶

回音在夜里孕育了一个芬芳的名字
低拂　宁静如水的街道

## 雨夜无眠

雨水一旦落向春天的马背
我就会想起那些曾经被我爱着的人们
雨水里走散多年　我不知道他们去了哪里
过得怎么样
相关的记忆
也无非是所剩无几的碎片
好比一簇簇新开的花瓣
他们在我的窗外
有过最粉红的青春
也有偶然饮醉风中的随性
现在　季节的风
带他们去到了别处
那里　我不知道自己对他们
还意味着什么
或许正在淡出某一个版图
可我还是想知道　当一个又一个美丽春天
在马蹄声里盛放又飘零后
前方是否会有人
像我这样
在某个细雨霏霏的夜晚　仍然
默默怀想着他们

## 小说《一个黑夜》

伏地趴着
黑军装依旧激动人心
血红的枝柯渐伸渐远
余光被挡住
玻璃碎裂
沉寂的痛如风
注满整个荒原

帽檐布满灰尘
黑长裙拖沓的声响如此熟悉
风暴的谜底在铁器上反复泛白
是时候了
石头和纽扣抱紧了自己
站立和倒下如此吻合
是时候了
黄花颤动
找寻失向
一些雨已经在路上

## 爱丁堡的秋天

花岗岩下的沉寂仍在继续
就像朝向尖塔的红色攀登　仍在继续
抵达神祇的高度
就淅沥一场小雨　打湿
你走过的每步台阶
凋落你怀中的　第二片枫叶
活在人间
秋风似剪
多少皇冠王座　刀剑纵马
被剪辑成纷飞的蝴蝶　落向
大地的鞋边
石柱的挺拔　仍在继续
就像雕塑沉默的隐喻　仍在继续
是时候做减法了
三面绝壁待风起
一面斜坡待你

# 瓷鱼

应该是静止
应该正腾空而起抵达高度
双目缓缓张开
阳光在鳞片上分割硕大金黄的颗粒
应该有水声
应该有惊惧正遍布圆形的软唇
花木扶疏　面向瓦檐
雨后的蓝墙
似带着海的颜色与腥味
应该有远逝之帆
应该有悠扬的海笛正来自岸的另一边
风吹阳台　除矜持的腹部外
瓷鱼周身弧线
为潮水所湿

## 黄昏吉他

是谁
在黄昏的苍茫里
袅娜出一线长天
一端系住落日熔金
另一端
紧系桃花流水
与土地缄默的秘密

风拂来花香的软
手抵掌心
藏身树心的我
将所有桃花
一朵一朵绽放成鲜艳的耳朵
风斜
路也斜的日子里
聆听落花一朵
怎样接近
弦音一束

# 壳螺罐头

人类从海洋走向陆地进化
你从深海走入十块钱的壳螺罐中神态安然
梦中——海底的攀岩
风暴的正中　在历经
密集的鱼群
英雄的船只
海滩的绸缎后
又梦见一阵咸湿的海风
风干肉身而去
没有任何一个你
会空空如也
大海的吻痕在你的纹路里
无比光荣的风水交响
绘入彩色斑斓　命运之手
将你满满当当装入罐中
就是把大海深处的秘密装在一起
把四面八方的人生漂流汇聚一起
轻轻一晃
你听听那些
粗重的呼吸

## 童话平安夜

冷冬的苹果树下　一只小蚂蚁
放慢了细小的脚步　目光温柔
如圣诞的小小火把
照着树上
将落未落的叶子

这是一个美好的平安夜
一只蚂蚁　在同样美好的音乐声中
想起不平安的苹果
在眼前　在脸上
在一些舌头上起舞的苹果

像怜悯弃婴一样　一只蚂蚁
踮起脚来　只想
摸一摸天空里的苹果
它不知道
正因为有了这个想法
餐桌食谱上
才有了那道蚂蚁上树

## 七月

七月　我的女孩远嫁山青水绿
当晨起的村庄
晨起的白雾和鸡鸣
从大山放出一泓清泉
流出一行洁白的诗
我的女孩就是木房下的炊烟缕缕
我的女孩就是拿着火筒的那一个
火光连同山脚下的几声牛哞
一齐映照她的脸

七月　我的女孩出生在一个地方
也同样嫁给一个地方
她以阳光的肩膀扛起阳光
禾苗之手摊开晒帘晒谷
我的女孩金黄美丽
像老黄狗背上的花蝴蝶
像笑声的风
从东家吹至西家
像渐行渐远的马匹甩动马尾

而那一双和善的明眸
从七月
涉水而来

## 雨

这坠跌里有血
这冰水中有火
这藤蔓里有击碎的面包屑
这河面有渡鸦
这灯光里有钟

消遁的银幕
群树
移近遗失的陈年手杖
此生中未知的事最为安全
风里　蝴蝶飞离的
城市边缘
犹如爱的扉页

## 黑夜列车

一切　飞沙走砾
无声地隔着长窗

钟摆如一次睡眠
绝对和相对
隔着蓝色的星辰

海洋里的黑夜与灯
微微晃动的瓶中水

树　会在今夜和我一同醒来
开花　并换上
同种表情

## 再次写到天桥

天桥也是桥　桥下自有流水
仿佛无数眼睛发光的鱼群
那些车辆自带悲喜
从远处方形的鱼缸
源源不断地
快速穿流脚底
红灯按下夜晚宁静的暂停键
绿灯继续一个城市的涛声喧腾
红绿闪烁的耀眼华彩
照亮车流中的漩涡
也照亮人潮汹涌中
面无表情的步履匆忙
在快巴快餐到感冒快克的时代
云朵也学会了快速迁徙
驻足天桥的我
犹如一朵上岸的浪花
驻足而立的停留
多么不合时宜
晶莹透亮的内心追寻
多么不合时宜

## 仰望星空

提一把月制的玉壶
盛满光华　你我来一次旱情式的灌溉
先浇灌一下未来儿子的裂唇
再浇一浇马背变质的青丝
流星飞落　就抽用一个雨天
默哀

仰望星空
你亮成星空翼下的星星
上帝赐你一束光　照照有限的光景
扯回后
你看见李白的白狐

叁

# 始终

## 始终

仿佛相互靠近的脉搏
事与事如此微妙
它们呼吸
它们一同吐出火焰
它们同样在窗下
沉默如栗色的谷粒
然后　我诞生　你也诞生
迎着阳光
手指叉开小巧的鸟喙

而翠鸟
那梦中的翠鸟
在看不见的地方
轻轻晃动尾巴

# 童年

黄牛　黄鳝　黄稻穗
黄花　黄狗　黄书包
黄雾　黄莺　黄土坝
黄昏　黄瓜　黄蝴蝶
金黄　浅黄　花鱼黄
……

嗨　这首诗再这么写
再这么黄下去
童年
就会被夹入季节
泛黄的书签
黄就要
漫上脸颊和头顶
连接起三十年后
天边的那几只黄鸦
掠过
黄子山的脊背

## 树尖上的人

依旧是熟悉
依旧隐藏至透明
树下的我确信已经看到你了
你的树尖的脚尖　倏忽而止的转体
风中作响的树枝
犹如神秘的手指
你肯定也已看到我
悄然的上溯
你从上而下回忆我
你知道我要走下这道坡
绕过古树
绕过几尊雕塑
进而走进一条巷子
正如走向褐色的树干
你知道我接下来会在一个地方安静坐下
书本摊开
然后叶子从发间飞下来
你我的手重叠在
颤动的唇边

## 树

根埋在土里
天
是一生永恒的方向
枝叶散开
一个树杈
是一次孕育
是一种只属于你的
仪式

# 黎明北京地铁

扶手边的梦境
站立着的梦境
口罩后的梦境
睁眼闭眼的梦境
被装入一节
月色的车厢
轻轻摇晃
轨道上传来鼾声
风声呼呼作响
仿佛置身旷野
除了流水
虫唱也开始了疲倦和做梦
此刻　广播里的西单站
过往繁华遮不住的
是梦境　菜市口的秋决
斩不断的是梦境　道士去灵境胡同
赠药医不醒的　还是梦境
仿佛站稳扶好的　只有梦境
仿佛时间跳出了时间
下一站下下站

永远是梦境站

黎明时分　哐当作响的地铁

载着一车人的梦境

驶入了大地深处

幽蓝的梦境

## 骑朵雪花来看我

大雪纷飞的时候
就来看我
你的段落不必太晶莹
传说不必太古老
怀揣的辩证法
暂用一片白雪
轻轻覆盖
关键是现在——
全世界已脱下春天
只有我还在盛开花朵
全世界已把触须缩回
只有我的田野
还在为你忙于收获
趁着雪花飞舞
我已洒扫庭除
种下千年修竹
片片叶子
朝向祖国的星辰
更何况雪花大如席　席间已准备

好上等的春风与野火
一两叙事也好
二两议论也罢
关键是洁白抒情的道路
已为你铺好
关键是此刻大雪纷飞
你务必
务必骑一朵雪花来看我

# 马

燃烧的路段
我的马如此温顺
刨蹄　偶尔甩动几下长长的马尾
忧郁的脸
和我一样荡漾圆形的波浪

烈日当头之道
风吹落叶之道
蝴蝶翩跹之道
我的马依旧低头　一动不动　瘦削的侧影
如同青铜图案

隔着车窗　我看着我的马
鬃毛橙黄　脊背犹如草场空旷
而马鞍
和我们都空着
亟待锋锐的骑士和箭

## 孔雀

突然哆嗦了一下　仿佛
吹过的一阵寒风
激起了有关山川湖泊的斑斓回忆
小小砖房
盛放的自由有限
正如横木桩上
走出的优雅有限
被冰冷的墙壁
挡住的视野有限
人们路过　凝视
偶尔交流　感慨逐渐臃态的身体
投喂不出开屏的绚丽
我是少有愿意停下来
陪它沉默的人
甚至愿意为它默诵古老的传说
铺一条光明的道路
漫步云端
也是又一阵冷风刮来　让我突然
意识到——

素昧平生的我们
竟有着相似的面孔
和心照不宣的哀伤

# 力

飞鸟归巢之力
积习之力
碎石站满造路者的脚边之力
搬运木头的雨水之力
辩证法
神圣之力

一种力
可以也应该
坐于石凳之上
摘花　下唇露出月亮优美的弧线
一种力
并非鞭子在手
而是訇然中开的天空
容纳仰望
容纳泪水

## 林间日照

路过这片林子的时候
我看见石板路上那些晃着的可爱光影
朦胧　亮敞　如同
毛茸茸的近义词
阳光是些光线
活泼的光线
吻过山头　树冠　还来到地面
四处躲迷藏
经过树叶删汰的阳光
无疑是精华　然也最脆弱
风吹叶舞
它就变得凌乱不堪
照彻地头黑暗的阳光　谁都看得见
至于阳光怎样挣脱树叶
零落地上疼了一下
谁都不会看见

# 信

——给丽姐

该如何
测量一束光的重量
岸下　归隐之花　一些虫鸣扶着桨橹

选一株野草
学一种刨木声

临风而立的人　多么幸福　文字每降一寸
石榴新添一寸红

红……
红——

水晶跑过街市
稍带鱼腥

## 那山　那人　那狗

自山尖而下的绿
仍在逼近

双脚向前　以一种姿态应对篝火的余烬
流转水车　山划石径
歌声飘荡着
轻系草身的秘密

是雾削弱了高
还是盐的底色一路泛蓝
一根绳索下垂之后
纸飞机满载红霞
在竹杖边
飘旋而去

## 柿子

最后几片枯叶
在夜里被北风摘下后
一场雪就簌簌下来了
星辰隐姓埋名
孤云日趋温顺
仿佛一夜之间　时钟再也
编结不出
一条发光的藤蔓

而就在窗外
就在清晨　几只柿子
在雪里把红灯笼挑了起来
试图与苍白的季风
交换体内的冷与热
还有几只
头戴毡帽
从容地
高举金樽
以风饮梨花的孤勇

吐出几朵火焰来
试图回应
这世间的陡峭
与温柔

## 线条

风在风里　轻折
一炷烟

流水绕山　鱼在水里
避开一丛水藻

树杈分开　一只燕子飞鸣着
划出一道彩虹

田埂蜿蜒　慢慢走来
波光粼粼的童年

## 中山大学草坪

从花朵到马骨　一种清澈之力
让这片草绿得无遮无拦
几场雨过境　你是一只飞虫起落　在草柯间
放牧一些零散的情节
比如销魂的雨水
错爱留下的言辞
比如一个少年素色的自卑　风一样
忧伤地出发
这些年　我看到自己
从一株草　抵达另一株草
从一片云中　竭力掏出真实的水分
而交换过的梦幻和氧　如同露珠一样闪烁　又滑落
草尖上的微晃　草心的迷恋
草根处脱落的陈年词汇
结成一粒粒草籽
在鸟喙边轻轻滚动
我看到草终于摊开了我们　潮水一般
涌出去好远好远

## 宛若

群蝶翩跹沿河而上
潇水用力张开了岸

一尾鱼翔跃出水面
浪花骑上岩石起舞

一棵槐树低吻水面
钓线轻拨波浪琴弦

草尖之上雨水晶莹
缓缓左右水天一线

## 六月阳光

灼人却也温柔
这六月的阳光
它照耀过的爱莲湖荷叶　依然翠绿　最近几年
又常在我的阳台下翻看叶片　找寻
前夜的雨水　这一切
都被我看在眼里
仿佛一只蜻蜓　玉兰之上
它的翅膀颤不动光线
也颤动不了爱情
却把我体内不多的石头
挪进南国的雨水
移向光与影的另一边
我畏惧它　像畏惧蓝色磨石上那些飘来荡去的白云朵
拒绝它　像拒绝摊开掌心
南国二年　六月的阳光
是灼热的岭南
是雷雨中温柔的列车
我从山中来
到风里去

## 岁末

大山里　天空诉说的过往
湛蓝而平静
仿佛无数生死重演的温柔
植物的酒液　缓缓朝向北方　水鸭
拍打翅子抵不住季风　却能
回应体内单薄的钟鸣　眩晕
来自水中之镜
卡在喉结的寒霜
亟待一棵银杏交出所有的黄叶
再相继交出枝干
初冬　旷野　阳光暖暖照亮一切
野草仅剩的枯荣　多么像
我死去的亲人
忽远又忽近

## 果壳

雪花散漫
不断变幻剪刀的形状

果壳之上　我们生产藤蔓　生产回音
借以找寻金色的行李

古老的石头　唯一的使者
内心的阅兵式如此整齐

爱　又能代替什么
先是廉价屋顶
其次才是不死的果仁

## 星海湖边

就像那棵千层柏　多好
什么都不用想
哪里也不用去
就这样站着
尖梢儿指向空中　树影
卧在水里
静静站着
慢慢写着

它的故事
给风读
给阳光读
给每一只经过的鸟读
有灵感了
就用一两片落叶
给你写诗

## 归去来兮

那么多草木已经萎黄　而我还活着
像一阵风　迁入某个朝代的体温
雨水在夜间点亮屋顶　凌晨醒来的露水
在叶尖扯动乡愁的泪腺　那些鸟一样
的飞翔　云朵般的迁徙　像天蓝
在峰峦线处点到为止
行走异乡　记忆是我唯一行李
曾经跳荡的火焰　像扔出去的雪球
在风里吹散后　又冰冷落回脸颊
眼下　那些树木　小桥　老宅　构成季节的迟缓
负在一只蹩脚的飞虫上　于荒芜的田野间
缓缓而行

## 中山大学南校区

草一般的尘世
适合秋日照耀

穿鞋的草
赤脚的草

那些叫不出名字的影子
犹如线线潮涌

太阳是你幸福的女人

为了她　飞机定格成一只鸽子　揽着我的目光　逐一地
撑开所有的光线

## 远方

风要从旷野上带走什么　阳光的阴影
就要加重些什么　草木的剥落
从甲胄到生命　时间的蚁穴
从墙角通向关节　院子里　长凳上
老人们吃饭　喝水　佯睡　阳光走在屋顶
看见季节的风吹向他们稀薄的山头
雾岚尽散　与我有关的山头
尚未走完　一些与我有关的人们
正垂垂老去　他们种下的植被
在寒冷中与异乡人相遇　期待一场
干净的大雪

# 渡

还在落
盐碱之地　渔网与草色掺混一起
天光　夜幕
两种颜色走动　在鱼鳞
在发间

向雨水借一朵花
梦　骑上蝌蚪
游啊　游……

你
另一个你
在沼泽里
目光须经多少跋山涉水
才能向上　才能长成
一支长篙　远远地
摆渡
葱郁的创痛

肆

# 十一月

# 十一月

叶尖之上　风
停了一下

鸟嘴边　一粒草籽
滚动了一下

山在远方　线条稍微
暗了一下

藤蔓是上升的水柱
旋转了一下

天空干净

一只蚂蚁爬到脚边
愣了一下

## 爱情纪念日

雨后　水中走散的人们开始走到一起
爱过　何处是爱情最初的姓名

五月如渡轮飘远
穿过桥　就有了临风而立

为测试深浅　寻找玻璃
为提炼纯度　吮吸露水

……

一道岸究竟还欠多少试炼　才无愧于
你每一个蓝色的回答

# 道德

谁在静寂中躁动
谁就在未出手之前早已出手

多么不真实——
这纸制之帽
这中空的管束
连同杯中的爱情

因为火　核桃才如此暗淡
因为水　传记才如此刻骨铭心
被遗忘的手套
同时也是被放逐的雨滴
被左右的星辰

女巫之箱打开后
你看见了什么

# 为世界带来什么

一枚枫叶能给世界带来什么
在首师大环形跑道上
拾起的这一枚枫叶
曾为我的诗歌
反复贡献过意象
为你的叙事
贡献情节
或环境描写
为雨夜的忧伤
贡献过比喻
它还为风
贡献翅膀
为阳光贡献岛屿
为秋天的山水画贡献
青绿相间的油彩

世界是事实而不是事物
时间是画面也是画笔
秋天远去
一枚枫叶凋落后

仍在用宽大的手掌
给大地以安抚
只有我
只有我还在借用一枚枫叶
贡献的灵感写诗
向这个世界
宣泄
一已躁动不安

## 一幅忘记名字的摄影作品

笔直地
目光搭乘马车　穿过雪花
车辙之树
网中模糊
滚落的房子

言辞之色堆积
脸补充脸
击碎的这一朵雪
曾经是酒　奔突于酒杯
嘴唇迎上去
下垂藤蔓
和根须

一种白
该会重到何种程度
误以为自己
是烛芯

## 写在630班毕业前

是夜　就会有孤独的城市
是眼　就会有朦胧的远方

是镜　难免震颤
是雨　就具备水的品质

是和弦　你我已属共鸣
是淡蓝　注定钟情于一个漏水的杯子

是梗　必然盛开过果朵
是侧脸　终究转向风的另一边

## 屋顶之上

夜　用灯光审视自己的下半身
另一端的美蛇
冻在高于天空的冰块以下

不用忘记和刻意停驻吧
生命的方舟
从未驶出一个蛋壳的空间

乍暖还寒　最难将息的
永远是放纵
攀登从来不会灰飞烟灭

思念万千重吗
请思念我
清瘦的马　深秋的屋顶

## 一场雨

除却一场晶莹的倾盆而下
如果你还爱雨前
第一枚飘飞的落叶
还爱雨后
草尖上
最后一颗水珠的悸动
那么
请对一场雨
勇敢地
说出
爱

# 叶语

终究是苦恋　这叶尖之上的探险
终究被发掘　纵然是
叶子深藏不露的背面
阳光是金色　水天是纯色　人群是杂色
一枚绿　守住多少流水
——说浪花的冲动
说树枝不多也不少
说琴师渐行渐远在风里
琴键以互搏发出了声响
蒸腾与折射
有多少阴暗
就有多少背影
非关物理　非生非死　我深信
每一片叶子都具有催生一只眼睛的潜力
否则　叶片就不会如此椭圆
叶脉就不会
血丝一样张着

## 玉渊潭落照

垂柳擅长柔媚
晚风练习着脚步轻挪
同样是夕阳如橘　那年的十月
你轻蒙双眼　偷偷摘下
塞入二十岁的裤兜

湖水漾动起逝者如斯
芦苇晃荡着在水一方

美妙的是——
那些野鸭的欢唱
模糊的人影　连同藏在堤岸里
蜿蜒的诉说
在乘上绿皮列车
驶入天边火红的隧道后　又带着
一道光亮
驶过水面　直抵
岁月的跟前

## 美

云朵飘举的天空　蓝
女人轻步水边

洞穴与城堞之间
闪现一把耀眼马刀
刀下另有节令

风吹树梢
向幸福祈雨

春天的幻象
奔走千年

而你　在烟囱蹦出一颗星星之后
选择久久安静

## 威海

飞来绕去　那么多海鸥
没有一只来自你
遥遥驶向水天梦境的船只
只有布鲁维斯号
搁浅入沉寂

从蓝色封面
到金色词典　格子衫
已无法进入一首诗的韵律
海浪藏进书页
退潮后　露出
一个沙砾大小的虚词

那么多的雪仍在浩浩荡荡奔向空中
仿佛要去天上
拽下一朵云来
填充那一年
空落的位置

## 幸福

多么艰难　最后一滴雨
在叶尖颤抖着
挣脱疲倦

多么幸福　一滴眼泪
行将离开一只眼睛
开始了
摇摇欲坠

## 夜猫

猫脸
贴着玻璃
黑猫　树梢之上　似乎又在水面以下

闪光的果实
笑声的猫步
猫耳的疲塌上　卧着一场雪

花轿晃着

爱情在猫眼中　越来越小
夜里　好客之主端出水果拼盘

一些风吹动的圆形词汇
被猫爪
一挠再挠

## 裂缝

在雨水里凭栏
在河岸上寻觅一朵丁香
在云中
氤氲额角

这样　你来了　来自风雨灯细软的光
——

伞尖绯红
脚印淡青
比喻
浅蓝

## 水晶球

绿色之鱼灵巧游动
水在水中
围向岸的弧形界面

红粉尘世
在光核里
闪烁出各种意义
鱼的慌张
演绎着众鱼

一种穿越镜子的努力——
一条曲线
咬紧牙关
慢慢地
弯出
视线以外

## 布鲁维斯沉船

去威海的人很多
但没有一个人能够陪你长期住下来

世间何来搁浅　未尽的旅途
海鸥可以飞抵　未完待续的情节
海浪可以反复
低吟述说

人生亦有面朝大海
只是少有逆风直指天穹的桅杆
少有静入心底
珊瑚海藻般的沉淀

有些航行是搁浅
有些搁浅是航行

## 三月

云朵——众神敲击的塔尖
树——盗墓者的斧柄
水杯——酒精王座
河流——蝴蝶架起钟楼
阳光——江岸上立着纤夫
爱情的纤夫
马——草地的一匹梦
踏响花枝
和山间红老虎的兽皮

# 你

如果仅仅是离开
雨水所湿的叶子不会如此苍白
气味徒具形式
预感脱离预感
无人过问的平生　像灯
像橙色之果
像明天以同种方式盛开在今天

如果仅仅是离开
心不会比今晚流得更远
转向的对视　指缝间的黄金与纸屑
无法言说的夜晚
雨水般贴向脸颊
唯空荡的柏油路
成为空中唯一的来信

# 希望

给黑暗以果实
给光明以叶
给河流以苍翠的挺拔　枝头饮水
给头顶以月
给刀刃以歌声
雪中的玉兔
来自手中仅有的温柔

一把斧
携带电荷
一场雪还能折合多少棉质水意
如果还有一星火
此刻即是云雨
你我双手倒剪
去树下
画圈

## 沙滩也是海

谁愿像布鲁维斯号一样搁浅
谁愿像搁浅金沙滩的大鲸一样
用余生定义孤独

正因如此
多少想下海的人
只能把脚印凌乱在这里
多少想上岸的鱼
纵然骑上浪花
也只能在此
把进化的涌动收回

海滩的细沙之下
埋藏贝壳　沙蠋　漂流瓶
还埋入一条蜿蜒行进的界线
界线两侧　大海的喧腾
与人世繁华相对而坐
涛声的诉说与泥土的叙事
各表一枝

海风从远洋吹上沙滩的时候
我看到沙滩慢慢舒张开一片金色的海
海雾重重　海鸥翔跃
我们开始望洋兴叹
正因为望洋兴叹
我们一个个常含泪水
并闪闪发光

# 晚景

黑皮箱缓缓打开
风里　枝条不断摇晃的果实
有圆有方

月色如梯
采摘的手
往来于不同的篮子和方向

草坪　湖水
这叶　这花影　这风中的鸟鸣
与臂弯里的钟摆
如此相似

叶子背面
一只蚂蚁以一个踟蹰的姿态
徐徐引弓

# 与雨水有关的情节

编辑一场雨
刺绣一场恋爱
雨中相爱的人
是相互追逐的雨水
誓言是雨水
哭泣是雨水
慰藉是雨水
浮起春天是雨水
电闪雷鸣时
屋顶上牵手相拥
约定好
穿越石头的
还是雨水
……
星图运转
海潮退出岩石
而更远的地方
夜为你聚拢了逆游的鱼群
待琐碎的云朵

放牧一场雨
它们就伺机而动
游进你
行将穿行的丛林

## 竹海

此刻　只有风是无力的
既散不尽雾岚　也挡不住
那些婆娑作响的奔跑

群山环抱　是谁扔掉了几片多余的黄叶
拔节突围　奋力追赶
一场绿涛汹涌

谁还放不下昨夜的清露
谁就将错过日出
谁此刻沉默
谁就将永入海底

又一波巨浪袭来　翠竹立根岩隙
起起伏伏　它们略微侧一侧身子
就放一场大风过去

# 致诗人WY

应该正从树下走来
表情模糊
黑色围巾轻轻拂动
你一如既往低着头
灯光柔软地照着你在水中的影子
你应该正从树下走来
多年的马
背道而驰
起伏的马鞍
像树根的波浪
我仿佛看到你的鹿皮手套
飞鸟的断羽
与大提琴第二根弦等等
树下你应该正缓缓而来
树枝隔开的灯火
在车窗外呼啸而过
绿叶上你轻抚着
草鞋的反光
核桃
悄然而落

## 浪花

自水天相接而来的浪涌
自带天的品性——

像天一样蔚蓝　像天一样暗示
揽过空中那朵白云后
就和天一样宽广了
谁还在撩动大地的裙边
攀上岩石后　又是谁用天籁之音
放飞几只灵感的海鸥
然后铺开草地　立上岸边
吐出一支芦苇
丈量
人间的高度

海边有人钓鱼　钓虾　钓王八
却没有人钓起过一朵浪花

## 小说《雪花》

像雪一样飞舞
像雪一样
钟情于一种颜色
今夜过后
要像雪一样爱到春暖花开
然后环游世界
动情时分
就和雪一起闭上眼睛
一起做梦——

梦里
你们豢养群星
伏在风的脊背
眺望过往的群山起伏
梦里
你们耗尽一江冰川的暮色
终于修炼出
一枚黎明的戒指
然后深情款款
走最光明的道路
前来

## 延续

在墙上留下指痕
在一种音乐里
种植一种温度
这
又能代表什么

春天已经过去　关键是
笛声再一次
从身后缓缓升起
你是我的朋友　你知道
我仅剩的石头
仅有的温柔

一条船　究竟需要何种方向与气候
不安的手指
如果……可以……
谁又是
下一次的退却与满足

# 阳光下写诗

阳光会写诗
阳光就是诗人
去阳光下写诗
就是要握住阳光
温柔的手指
写几个阳光的主题
写影子里的故事
打磨诗句阳光般的质地
光彩夺目
也可从生活重云的缝隙中
漏下光线几缕
颤动
石头和花朵
然后在翌日的清晨
写下露珠和流水

最后　要像阳光一样
千里迢迢
翻山越岭

跃出地平线的一刻
既照耀高楼大厦
也照亮
静寂无人的郊野

伍

# 潇水

## 潇水（组诗）

**1**

潇水河岸　悠然的马嘴旁边
今夜　与浪花一道
我由南向北
将自身掘入一种微颤的负载

汗水的脚印　颠簸的旅程
犹如马尾留在风中的弧
渔歌里　几尾桂花鱼跃上高音区
跃上马背　点亮
江南人的渔火和梦

把水响交给马蹄　把潇水人家
的万家灯火交给马眼
天空中　星星开花千万朵
今夜　马蹄践得落花香

2

潇水　潇水土褐色的双脚
就放在我脚边的床上
斑驳的布匹　绳索的命运
犹如安详的蓝色眼睛

来去的脚步如此清瘦　纷乱里
编织一片凋零的羽毛
门在叶子的背面开开合合
仿佛生动的寓言

鹅卵石的缄默里　潇水和我
一起　立在空旷的鞋子中央——
一粒黄沙和一根
郁积风尘的鞋带

3

北纬27°　纯净安然的蓝色之脸
在大山怀里
在铅黑色的广大土地上
用流水说出时间

手心里的浪花　从指缝间
破土而出　生长一个个晶莹的故事
宛若万千只膜拜的蝴蝶
淡褪千年古老的花纹

光阴似箭　午夜里的阳光
如同金色闪耀的箭翼
当我久久沉睡在漆黑如墨的箭筒
昙花啊　请暂时不要盛开

**4**

近了　近了　一片雪花
慢慢地打旋　轻跑
从彤云密布的天空中缓缓
飘落下来

真的近了　离遗落在潇水
的倒影　离水中花
好比一只飞蛾
之于火的距离

打旋　飞舞　低低地

融入水的一刻　谁的眼泪
映照着两岸屹立不倒的
雪人　闪闪发光

5

怎样的手
捂得住这样浩浩汤汤的流逝
铅灰色的土地　礁石变质
风蚀的栏杆护住的虚无
填满潇水的双眼

应该放弃行走　忽略叫喊
应该正有什么如星星一般
飞快地陨落　黑夜洞口里的
犬吠　来自镣铐
来自水中的暗蓝色拐杖

这夜晚　一定有刀割着后脚跟
一定有人面如土色
这夜晚　篝火森林里一定
准备好了一支枪　瞄准着
一颗跳动的心脏

6

当我舍弃了五月的柳环
身负暗河　伫立在你的石阶上
眺望远方黑色的田野
星星　在收割后的禾蒂上
闪烁微光

时代在变　人也在变
我始终眺望着远方的黑色田野
我的沉默　像一株
暗黄而饱满的稻穗

前方的山峦是栗色的月亮
风吹来的时候
潇水像衔住一根青草一样
把我衔在嘴里

7

一排排浪花勇敢地盛开着
潇水拐弯的地方
远在冬天和囚笼之外

蓝天之下
渔翁的钓鱼竿银白色

立在石头上的风　环顾四周
没有消逝没有流亡
没有徒然的追逐

一条路已经走在我的身上
我确信
我属于这里

**8**

你把一只橘子
放在我对面的石桌上
而我又看得那样入神：

这表明　冰已经融化为水了
而又将有什么　在暗地里
悄悄凝结　准备远航

沙漏里的沙　来自潇水幽暗
的底部　来自迷途鸟翅

在水中无力地挣扎拍击

而眼前的橘子
让我久久怀念一朵小白花
长成为一个橘子的过程

9

潇水　是谁在你的身体内
伸出一根暗红的树枝
缓缓弯向天空

我　风的孩子
在执意的旅行中　丢失马匹
丢失眼镜和钥匙

最终　又通过锁孔坐在你面前
看着石头的头发和脸
看着遥远的水天相接　问自己：

一路的落花流水　难道
就只为一根凄清的血色树枝
草草探出水面？

**10**

和潇水一样
那么多的人已经纷纷下海
他们跳过的舞曲
正一一飞向我的黯淡

我　一只无声的蝉
喜欢在大雨之前把所有的窗户打开
迎着风　跟随两岸
的水草一齐摆动

直到潇水　用澄澈的波涛
从心底捞起一轮水月
它圆圆的样子让我想起太阳
让我想起现在还不是晚上

# 诗歌词典（三十）

## 人生

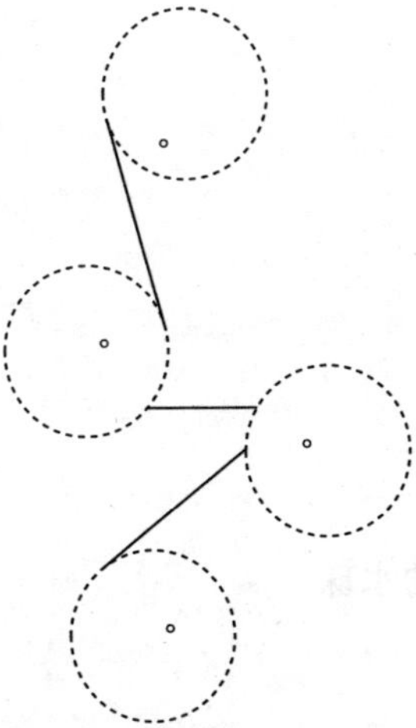

## 霞光

马匹拉着粮草奔过天穹深处

黄昏　火　血　群鸦也有辉煌……

## 成长

水灯在水面漂流　光芒
源自晴朗　源自雨水

## 月光

雾中　建筑师的巷子
通向——光明的尽头

## 石碑

上帝心爱的庄稼和糖果
雨后　草丛间缀满晶莹的水珠

## 雪花

聘礼越来越多
孩子越来越多

## 天空

一栋旧宅
桌布上转动两个瓷碟

## 飞鸟

土地无声　吐出的枣核
在飞翔中丰满羽翼

## 爱情

水面上遗落的两只鞋相互找到
园艺工的剪刀打开了

## 梦境

触礁的船只依旧无声无息　阳光
立在岸上　剥开一只金橘

## 五月

缓缓后退　直至退成一颗星座
门开着　等待你周身的纹络

## 昼夜

黑白相间的鸽子栖落枝上　叩响
黑白相间的琴键　四只花豹相继饮水

## 跋涉

鱼往下沉　是什么留在岸边
透过花朵的酒杯　窥视人间

## 小岛

石头永击不倒的帐篷
水因此一瘦再瘦

## 太阳

漂移的花朵　盛开了金黄的疼痛之后
芬芳也疼痛了

## 影子

相伴一生　孩子的画笔在黎明前
画着参差的帚痕

## 座位

木制的幻象　相互靠近中　孕育出
真实的次序

## 大风

穿过落叶纷飞的森林
被蛇伤过的人们　围着火炉

## 手掌

五个清晨　五个夜晚
五个航行的隐喻泊在臂弯

## 伴音

天空倒映着海水　长廊上
扶手闪闪发光

## 雷声

雨水洗净杂念　一块石头
终于落地了

## 土墙

面容斑驳　只有风过时
偶尔停下脚步

## 泥淖

陷进去别人的同时　也一次次
深深戳伤自己

## 卵石

磨平棱角　只为了
更远的星辰大海

## 寺庙

雪在肩头融化　离别
开出了一朵莲花

## 晚风

竭力把夕照吹冷　让过往
反刍迟到的月色

## 蓝空

上帝的神秘遗产　大雁的魔术师
飞过后　揭晓答案

## 语言

语速放慢处　明暗线条
更加鲜明了

## 笔尖

枝头那么多松果　却没有
一个落向自己怀中

## 拐杖

身体的某部分　在路口的风里
扶正秋天

# 短章（十六）

## 草绿

仿佛这脸　腰杆　言语
已自成国度

雪原上　每一棵草可以掘一口井
绿涌——涌——
涨平眉尖

## 月下水

毕竟不是酒　木椅之上
碎银数着杯盏　一个两个三个……

路是沉淀而出的另一支流
有节奏地撩拨——
孤独的潜力

## 桥段

肩头上蛙鸣亮出了一条扁担
两岸的心事在这里了　水在这里了

黄昏　黎明　针脚织就之花
针眼是你了　针尖是你了

## 窗棂

木格　糊纸
人也如此

梅花之下　青苔推着潮涌
悄悄地　洇湿岁月

## 活着

行走　寺庙　心焚一炷香
菩萨　钟鼓　全由泥土制

云飞　水涨　这平静里
一只麋鹿
跃过了阳光的心跳

## 区别

一朵花
与灯盏的区别
一条栈道与山径的区别
一阵风与陨石的区别
夜
小心地磨平
吱　吱　吱吱——

## 相信

天蓝是未至的海
一再延误的果朵——
也是歌声阵阵
轻掠水面

## 黑夜

23∶59　触手可及的夜晚
身体　多么殷实的夜晚

谁　又能是谁的夜晚
星光和眼睛　如此相似地……搭桥

## 进化

在天幕之上　点灯
在地表以下　点灯
白昼的声音涌动着
像那些山
在风中
纷纷踮起脚尖……

## 黎明

还容多少沉思
还容多少树枝
簌簌作响

大地上行走　爱还有多少信封
使我近乎灵感

## 醒来

与一片桑叶对视——
两种静谧对视

这当然不是一只眼踩着另一只

一半是绿　一半是内心的桑园

## 流水

夜晚摊开手掌
水波将影子一层层洗濯
那些树　灯　灰屋子　星光　人
因此划出一条条光的丝带
彼此靠近
沉浮……

## 雪域

宫殿晶莹　雪豹的鼾声
来自冰川世纪

天空立在远方
翻阅铅色的教籍

## 降临

拥上桥头　把你读成一株翠柳
风阵　还欠多少火候

膨胀浅埋地表　鸟鸣很暖
五月靠近蠕动的鱼唇
很脆

## 保护

木偶　原生态
刀具　原生态
爱与水银　原生态
转换活法……

界限愈来愈明显　地平线上　那格所斯的水
哗哗流过

## 镜头

草原　水流
路过与流过

植被摊开稀缺的年岁
雁阵重复搬空的动作

# 后序

## （一）

没有云的天空，天空就是云，它以貌似静止的方式细走，迁移。人，从一个地方到另一个地方，变化的仅是眺望云的意念与冲动。

“你一会儿看云/一会儿看我/我觉得你看云时很近/看我时很远。”与其说是追寻心灵的飞翔，毋宁说是天真消遁后徒留落寞的喟叹。顾城，这位诗歌城堡中的王子，世俗沉浮里的小孩，他的斧子砍向一堵牢不可破的墙。

与诗结缘是幸福的。

诗，使人变成触着蛛网的飞虫，身与心紧贴黏性的丝缕。

忘不了那些与诗共舞的日子。从最初的一头雾水到后来的如醉如痴，到现在的搁笔冥思默想。十四年太短，来不及聆听一句诗歌从叶尖滋长的声音；十四年太长，长到已数不清头顶朵朵绽放的火焰，不知不觉中对自身已有太多拓荒。每一次深耕细犁，时光的黄金在桌面的木纹中如流水悄然隐去，一个个词语蜕变成跃马横戈的战士，一次次的拼杀搏击里，一切努力，都只是靠近，却从未抵达。

漠然，已错失太多潸然而下的感动；

诗歌，使消遁如此接近，换而言之，诗使我们从碎片中返航。

海子已在铁轨上永久消逝。

可他的诗却活着。循着其诗歌的路径，我们依然可以看见苍茫空萦的北方草原，那里一块石头下，坐着一个孩子，手抱双膝，目光看着满天繁星，周身的月光打开童话的世界。偶尔飞沙走砾，使他想起天堂结的果实，进而窥见自己的罪责。

王寅改做记者了。

可他的诗歌却垒砌了一座珐琅质的咖啡厅，透过长廊，我们依稀看见精巧的玻璃桌，长发飘飘的零余者，酒杯里转动的光泽，发蔫的城市，沉默的嘴角，零度的感情。方形的世界鼓荡着风的碎片，声音的碎片。而他依旧冷漠，斜视地打量着岁月的精华和世俗的伪善，以旁观者的姿态。

渴望雨水的土地，生长的是火，但愿痛苦万分的只不过是文字。

前几天在邵阳市三中，坐在树荫下的台阶，面朝操场，我发现惊奇的一幕：

小朋友打乒乓球用的硬邦邦的实验球，我小时候也用过；

球台边两株葱郁的水杉高耸，这在我初中教室隔着玻璃也可以看到；

风扬起清尘，环形跑道上背包的高中生走来，这让我突然想起自己曾经也是这么高的个儿，也是这环形跑道上，也是这风铃般的笑声；

操场枕靠的山岗，大大小小的墓碑密布，这和我大学见过的西山又如此相似……

我仿佛看到了四个我：它们各自走着，享受各自的年华，也品尝欢乐和苦涩，谁也不会把谁认作出发点或终点，也绝不会贸然相认。唯一共同的是，它们时不时会转过头来，看看操场这边静静默默的我，眼神有陌生、距离，也有惊怵、怠惰。

一些叶子，别看平时在树上并不怎么起眼，一朝换了颜色，凋零下来，纷扬在风里，就会有无可比拟的美，哪怕这种美已逃亡为一种距离。

我还能说什么，诗歌所给我的，我在心里暝揖默谢。

太多太多油然于心又默然于口，诗歌使倾诉，乃至哭泣如此幽婉深挚，如风如水。尘嚣已将人抽空成螺壳，可我分明看见诗歌骨骼秀丽，发式婉容，它给世界带来水，带来花瓣，它盘旋于灰淡的人群上空，使灵魂茁长枝叶。

## （二）

不知所措，便意味着裂痕；犹豫离开，标准已然模糊。

爱，恨，无不具有延伸某种幻想的潜力。爱在爱之前，离开在离开之前。生活，重复收放，一种缺席，是愤怒，决绝，隽永。若一切归于空寂，由此而来的空漠，是不是冥冥之中注定的缩影。反省，泪水，偶遇一个间隙，有多少想象，就有多少忧伤和无法原谅。

陌生使人卑微，卑微显露着不施脂粉的朴素。

美好与直觉，走近等于远离。

在不同的镜子前整理衣冠，“人足所履，不过数寸，然而咫尺之途，必颠蹶于崖岸；拱把之梁，每沉溺于川谷者，何哉？”不留余地即自我毁损。斡旋使气，足见浅近狭小；拾掇，需要一种沉醉的勇气，保持怜悯。

无法接受，通过别人拒绝自己，既往的自己。已在，触手可及；未知，仍旧等待否定。与自己捉一场迷藏，练习互搏术；与世间保持一重雾障，构筑精巧的小木屋；与浮华握手言和，满足中，零落为一个陈年的词语，乏力而幽迴，把生活应有的软媚坦易，还给生活本身。

石可破不可夺坚，丹可磨不可夺赤。

时间是一种烛照，回忆为影子敷彩设色。一些用于背景，一些用作装帧，一些停在碎片的光泽里，自成一方山水。以必然畅想偶然，以麻木交换敏感，刺痛成为幸福的源泉。没有是非，二者皆是绘写于纸牌的两面花纹。风扬起来，骄傲，耻辱，远不是永恒。

与雨对话，给幻想的另一方写信，寻找内核，答案却是空白。

也许，存在本身就是荒诞，表面的戏谑黯淡了本质。总试图证明什么，终背离原点。存在的是行为，抵达另一些居所才是意义。无所谓付出，奉献；无所谓占有与反占有。

风会升华在风里……

正　源

2025年5月于北京